Larin-Kyösti

Kuisma Ja Helinä

suuraakkosin

Larin-Kyösti

Kuisma Ja Helinä

suuraakkosin

Alkuperäisen jäljennös.

1. painos 2023 | ISBN: 978-3-38708-548-8

Megali Verlag on Outlook Verlagsgesellschaft mbH:n imprint.

Verlag (Julkaisija): Outlook Verlag GmbH, Zeilweg 44, 60439 Frankfurt, Deutschland
Vertretungsberechtigt (Valtuutettu edustamaan): E. Roepke, Zeilweg 44, 60439 Frankfurt, Deutschland
Druck (Painotalo): Books on Demand GmbH, In de Tarpen 42, 22848 Norderstedt, Deutschland

KUISMA JA HELINÄ

KUVAUS KASAKKAMAJOITUKSEN AJOILTA

KIRJ.

LARIN-KYÖSTI

1902.

KUISMA JA HELINÄ

(Kuvaus kasakkamajoituksen ajoilta)

Kertova runoelma yhdessätoista laulussa

ENSIMMÄINEN LAULU.

Heli hienohelma, neitsyt nuori, orpo, ottotytär Sankolassa seisoi luhdinsolass' sunnuntaina, päivä lempeästi läikkyi kasvoillaan, olkapäillä välkkyi kaunis kassa.

Nuori tuomi tuoksui luhdin luona, varjo valui Helin suortuvilta, kun hän liinan sitoi leuvan alle, sinikirstust' otti virsikirjansa, rippilahjan itse rovastilta.

Päivän alla siinti suviseutu,
harjun rinta kevään koruissansa,
virran valkolanka laaksoon luisti;
Heli kaikkialle katsoi iloissaan
alas astuessaan luhdistansa.

Haassa linnut lauloi täyttä rintaa, vihantana seisoi nuori kaura, hyttyisparvi pyöri purpurissa, lahti aivan tyynnä, metsä mietteissään, pelloll' eiliseltään lojui aura.

Säyseemmin jo nousi kengän korot, kun hän kulki kirkonkylää kohti, yli kirkon leijui poutapilvet, aatos leijui sinikirjo-niityillä, poskipäillä raikas puna hohti.

Kaunis Heli kotikutoisissaan keskell' lensehintä poutasäätä, hento povi nousi astunnasta, metsäpolku silmissänsä karkeloi, kaikki koivut nyökyttivät päätä.

Iloiten hän ohi töllein astui, sieltä virsikannel pihaan raikui, valtatiellä kulki kirkkokansaa, yli kunnaiden ja latvain laineiden kellot tapulista korpeen kaikui.

Kaunis nähdä oli Heli nuori, kylän kukka, armain armahista, jalka liikkui niinkuin hienon hirven, joka ensi kesää kiertää yksinään tietämättä suven soitimista.

Kun hän kirkkoon astui arastellen, tuntui tullessansa ihan siltä, kuin hän toisi havun, kielon tuoksun, kuin ois haavan suhu soinut hameissaan poikain katsoessa lehteriltä.

Päänsä rukoillen hän penkkiin painoi, sitten hiljaa istui saarnaa kuullen niinkuin syksytuulta, joka luhdin nurkkaan kiertää maailmalta kaukaa matkoillaan soiden tarinoitaan tuomipuulle.

Alttartauluun arka katse hiipi, himmeet muistot nuorta rintaa puisti, ristin juurella hän näki vaimon, joka tuskissansa väänsi käsiään, oman äitinsä hän silloin muisti.

Muisti nälkävuoden mustat aaveet,
 silloin miero syyti säveleitä,
 pohjan mailta hoippui kalpeet joukot;
 Heli äidin kanssa kulki kyyryissään
 kaiken ahdistuksen jyrkänteitä.

"Äiti, äiti, joko pirttiin päästään,
 Helin on niin nälkä, Heli lankee,
 miksi, äiti, on sun kätes kylmät,
 katso, lumitähdet puissa kimmeltää,
 äiti, äiti, älä kaadu hankeen!

Nouse äiti rakas nukkumasta,
 meitä tähdet seuraa lentäissänsä!"
 — Vaan ei äiti noussut, kalsein katsein
 katsoi kylmän linnunradan tulia
 eikä auttaa voinut Heliänsä.

Sormet ristissä hän siinä itki,
 kutsui äitiä ja hellään hääri.
 Kili-kali, kuului ahteen alta,
 kaikui kaviot ja käsi lämpöinen
 Helin rekeen kantoi, turkkiin kääri.

Niinkuin seitsenlasi-vaunuloissa
ajoi Helinä kuin Sinisukka,
kili-kali, soitti satupillit,
— Heli Sankolassa heräs elämään,
mutta multaan vietiin äitirukka.

"Rukoilkaamme leskein, orpoin tähden…"
saarnastuolista soi korkeasta,
urut humisi ja Heli nousi,
mutta pylvään varjoon Isma seisahtui,
Isma, renkivouti Sankolasta.

Eikä nähnyt Heli silmäin tulta, neittä katsoivat ne kerjäellen, kun hän kulki ohi poikaparven päivänpaistehessa kirkkorinteeltä kepeästi tielle notkahdellen.

Metsäveräjille päästyänsä haihtui huolet, päässä huume kulki, elämän ja nuoren veren riemu soitti suonissaan, ja aivan halteissaan silmäripsensä hän yhteen sulki.

Kaunis kotiseutu silmiin väikkyi, tieltä kuului hevosharjain huiske, rattaan ratina ja miesten huuto, kuumat kutsut soivat hänen korvissaan, tanssin telme sekä kiivas kuiske.

Niinkuin karkelossa Heli riensi alla sunnuntaisen suvitaivaan, tuulen puuskana hän pirttiin lensi, silloin ihmeissänsä sanoi Sankola: "mikäs kumma meidän neittä vaivaa?"

Sulki raamatun ja hetken katsoi yli harjun poutahattaroita, Isma vakavana pirttiin astui, istui rahille ja sanoi harvakseen: "kohta taloon saamme kasakoita."

TOINEN LAULU.

Isma lasna kulki paimenpoikana rämesiltoja ja takamaita, juro, jyrkkä ain hän oli luonnoltaan, omaa tanovirsut vain ja sarkapaita.

Kulki usein ylös Kiljanvaaralle,
 minne kuulti Sankolaisten pellot,
 siellä lehdon liepeill' astui Helinä,
 kun soi kalkattaen lehmäin vaskikellot

Vaan kun joskus yksin marjamailtansa
 Heli lähitieltä tuli laulain,
 silloin viiletteli poika viidakkoon
 kanssa teiripermien ja jänispaulain.

Sieltä kaukaa kierteli hän takaisin
katsellen kuin metsän neittä kummaa,
katsoi kahta huulta marjan maalaamaa,
kahta suurta silmää sinertävän tummaa.

Seisoi kauvan arvellen ja avosuin,
posket paloi, oudoks suli mieli,
metsän vihreet salit oli ihanat,
vielä ihanampi taivaan sinipieli.

Kaikki pyyt ne soitti kevätpilleillään,
silloin kaiken onnen käet kukkui
Helin laulaissa ja joka vuorelta
korven auteriseen kohtuun kaiku hukkui.

Vaan kun mennyt oli herkkä Helinä
metsän viherjäisen verhon alle,
kiipes Isma niinkuin siipi-orava
Kiljanvaaran petransammal-kaltahalle.

Katsoi lakkaamatta alas laaksohon
häpeissään ja oottain mielin nuivin,
varjostaen silmää kädenhiallaan

vielä kerran nähdäksensä Helin huivin.

Läpi rinnan kävi outo väristys
 siinä seistessänsä päivän alla,
 mikä riemun loiste hänen silmissään,
 kun hän Helin huomas aholl' aukealla.

Nyt hän tanotorven otti olaltaan,
 sitä heilutti hän innoissansa,
 toitotti nyt pohjoiseen ja etelään,
 koko maailmalle ujon tarinansa.

Kontti seljässään sai käydä Ismakin
 tylyn rippikoulun kivitiellä,
 kirjaimet ne kilvan tanssi silmissään
 istuessaan pöydän alla uhkamiellä.

Mietti ansojaan ja metsän vilinää,
 eikä tiennyt työnsä tarkoitusta,
 hiess' otsa vaivoin koivupuikollaan
 tavasi hän punakansi katkismusta.

Aivan vankka mies jo nuorna varreltaan,
 kulmakarvain alta kuopistansa

pienet, harmaat silmät katsoi maailmaan
sakastista ohi vanhan tutkijansa.

Hyväntiedon puuta ei hän tuntenut,
huutomerkki oli hälle synti,
vaan kun loman sai, niin silloin sukkelaan
kysymättä pahimmankin pellon kynti.

Silloin Sankolassa pelto pölisi,
vaolta kun poikkes vanha ruuna,
karjasi kuin oikein tuima aikamies,
mutta raitilla hän kulki tuppisuuna.

Istui sitten ulkotöistä päästyään
Helin kanssa kuistin alla illoin,
milloin tankkas kymmeniä käskyjä,
useimmin hän Helin kirjaa katsoi silloin.

Vihdoin vaivoin Helin puikon avulla
oppi salonpoika ees sen verran,
että armosta hän lempeen rovastin
pääsi pyhä-Maariana pöytään Herran.

"Ei sun otsaas luotu varten oppia,
ei sua kukaan viisas soimaa siitä,
kunnon mies kun oot ja tarkoin työsi teet,
luota itseesi, ei muutoin voimaa riitä!

Raada talossani niinkuin kotonas,
palkan, parseelit saat, hoivan myöskin,
tunsin isäs, ole isäs kaltainen,
suora, selvä ain, sen mukaan käyköön työskin!

En mä puhu niinkuin kuiva saarnamies,
oma ties on, olkoon suora, väärä,
mies on oman elämänsä taituri,
työ ja rakkaus on ihmiskulun määrä."

Niin se Ismaa neuvoi vanha Sankola
kirkost' tullen pyhä-Maariana,
tiellä kättä antoi niinkuin pojalleen,
Isman huomenpäivä loisti kirkkahana.

Niinkuin painajaisesta hän päässyt ois
työssä tanasi hän uusin voimin,
pellon metsäsaaret kaatoi kaskeksi,

moni uusi sarka loisti silkkiloimin.

Joka päivä sai hän nähdä Helinän,
kuinka ihanat ne oli päivät,
kun hän kotiin astui kuokka olallaan,
silloin kaikki huolet kasken sauhuun jäivät.

Niin hän rakenteli mielikuviaan
kyntäissään jo kymmenettä kesää,
renkivoutina hän oli talossa,
oli miettinyt jo kauvan omaa pesää.

Aina iloisena Heli emännöi
uhkuellen nuorta sulavuuttaan,
vahva Isma alkoi karttaa Helinää,
niinkuin pelännyt ois sydänsalaisuuttaan.

Vaan ei kukaan tiennyt hänen halujaan,
salaa vain hän Heliin katseen heitti,
niinkuin kuuma kytö yltyi povessaan,
vaikka karun pinnan alle hän sen peitti.

Mutta kerran talvi-illan hämyssä
Tuomaan markkinoilta tultuansa,

syttyi kirkas toivo hänen sielussaan
nähdessänsä joulutulet vastassansa.

Kuistilla hän Helinälle kuiskasi:
"Heli hyvä, sano mulle tässä,
voitko edes hiukan mua rakastaa,
suurin onni ois se mulle elämässä?"

Ja hän katsoi niinkuin janoon nääntyvä,
otsallensa tuskan hiki karttui,
kun hän Helin viereen hiipi vavisten,
pimeässä etsien kun käteen tarttui.

   "Isma, Isma... odota... ma nuori oon, pyhään liittoon emme
vielä sovi!" Heli rauhatonna käden irroitti, narahtaen aukes
pirtin tumma ovi.

KOLMAS LAULU.

 Sankolassa ruokakello soi, himmeli se heilui katon alla, liesi
loisti, hohti hirsiseinät, ohrapuuro padassa jo höyryili, Heli
yksin oli kotosalla.

Avainkimppu vyöllä helisi liikkuessaan pirtin permannolla, silloin pellon takaa torvi raikui, myllysilta jyskyi, Heli kuunteli, mikä meluun saattoi syynä olla?

Oisko kirkonkylän herrat jo
tuliluikkuinensa retkillänsä
ennen ihanata juhannusta?
Kuului kopina ja ilma värähti,
Heli hiukset pyyhki silmiltänsä.

Niinkuin keskikesän leimaus keihään kärjet Helin silmiin väikkyi kimmaltaen päivän sätehissä, kannuksista kävi kirkas välähdys, hevosien musta karva läikkyi.

Ratsuillansa viisi kasakkaa ajoi täyttä laukkaa veräjästä, ensin Kuisma, sadan alipäämies, kookas aron poika; Mishka jälessä näkyi taaempana pölinästä.

Kuisma kuulu ratsutaidostaan,
Mishka juomingeissa sankarmainen,
neljä kyynärätä oli keihäät,
punertavat housunraidat, "lamppaasit",
kiiltonahkaa lakki, hinkan lainen.

Tumma oli Kuisman halatti, tukka tummempi kuin yö, kun hiilui aron paimentulet taivaan rantaan, vyöstä uhkas mustat piiput pistoolin, vielä mustempina silmät kiilui.

Kuisma satulasta solahti sukkelasti niinkuin puusta näätä,
pyyhki taputellen ratsun kaulaa, katsoi ympärilleen katsein
kiehtovin, astui pirtin puoleen suoraa päätä.

Kuisma oven auki tempasi, näki liepeet vain, mi vilahteli,
vieruskamarihin Heli juoksi, hameet hulmahteli yli
kynnysten, huoneest' toiseen kannus kilahteli.

Mikä ahdistus ja hämmennys,
 veri sykki immen ohimossa,
 silmä kaikkialta suojaa etsi,
 Heli kangaspuitten taakse lyyhistyi
 piillen talon takakammiossa.

Niin hän kyyhöitti kuin kyyhkynen,
 jolle haukan huuto on jo soinut,
 Kuisman katsoessa läpi lointen,
 ja ne silmät pisti häntä tulellaan,
 huutanut hän oisi, vaan ei voinut.

Kuisma nauroi, kysyi isäntää,
 tahtoi kasakoilleen majoitusta,
 punoi viiksiään ja jälleen nauroi,
 Heli seisoi niinkuin mykkä kysymys,
 katse rauhatonta rukousta.

Heli hypisteli huiviaan
hiljaa helistellen avaimilla,
Kuisma keikahteli koroillansa,
Helin korvalehdet paloi ruusuina
kuin hän tavattu ois piilosilla.

Pois hän syöksyi läpi huoneiden,
hengitti ja tunsi kevennystä,
väentupa oli tyhjä aivan,
Isma ilve suussa seisoi kuistilla,
katsoi kasakoitten temmellystä.

Vajasta jo kuului kumua, hevot iloisesti hirnakoivat, piiat
lyhtehiä riiheen kantoi, toiset aitasta vei talon kaluja, toiset
kirstujansa pihaan toivat.

Sankola se seisoi pihalla,
Heli luokse lensi juoksujalkaa
ja hän kasvattajan käteen tarttui,
sanoi hätäisesti taakseen silmäillen:
"isä, isä, mikä tästä alkaa!"

"Lapsikulta, mitä liverrät, ei ne tänne tulleet meitä
lyömään, ei ne pistä sua piikeillänsä, vaikka mustia ne ovat
muodoltaan; pöty pöytään, tyttö, lähtään syömään!"

Sanoi niin. Vaan vielä portailla haasteli hän hetken Isman luona: "katso, ettei rengit riitaa haasta, kasakoilla luonto on niin tulinen; omat appeet niill' on, oma muona!"

Pian istui kaikki ruualla,
 perhe, palvelijat vieretyksin,
 Isma leivän taittoi äännetönnä,
 Heli vilkastui ja vuoroin vaikeni,
 vihdoin huuto-Sanni puhui yksin.

— Tuntui niinkuin yli Sankolan levotonna leyhynyt ois tuuli, veriruskeena se päivä laski, kuului kasakoitten laulu riihestä, yöllä luhtiinsa sen Heli kuuli.

Ei hän unta saanut silmiinsä, huutotyttö puoliunta nukkui, putouksen pauhu kumahteli, yöstä kuului ääni huilunpehmeä, luhdin tuomipuussa käki kukkui.

Sanni vuoteeltansa havahti: "kuules, kuules, Heli, käki kukkuu, kaukokäki ain on onnen käki, kotokäki tuopi surman siivissään, ken sen ensin kuulee, ensin hukkuu!"

"Nukkumaan sua käki kukkuu vaan, muuten Kiljan peikko vie sun varmaan", ilkkui Heli, vaan ei unta saanut, valvoi kauvan käen ääntä kuunnellen kajastaissa öisen taivaan, harmaan.

Kun hän väsyneenä vihdoinkin kiinni sulki kauniin silmäluomen, unissaan hän näki kaksi silmää, läpi tuliloimien ne paloivat niinkuin aamun säteet läpi tuomen.

NELJÄS LAULU.

Hiljaa päivät hiihti Sankolassa, keveästi astui Heli nuori
kanatarhan läävän väliä, Kuisma vihelteli vajassa, kauroja
kun hevoselleen suori.

Vihelteli aron säveleitään, illan ikävöivää kaukomieltä, katsoi iloisesti Helinää kujerrus ja kuje huulillaan neidon palatessa kaivotieltä.

Harvoin siinä sana väliin sattui,
harvoin kirkastuen katseet yhtyi,
Heli liikkui kaartain kartellen,
päähän päästyänsä askareen
heti kiihkeästi uuteen ryhtyi.

Kuin hän etsinyt ois tutun turvaa
Ismaa katsoi hän nyt leppeämmin,
haasteli kuin sisar veikolleen,
silloin harmaan silmän syrjästä

esiin kumpusi kuin kaste lämmin.

Silloin laikahteli miehen mieli, nyt hän iloisemmin tarttui
auraan, vaikka paadet puhki kyntäis hän soita, murroksia
möyrien, että Helinä sais aina nauraa.

Sillä armaan Helin heljä nauru oli kaunein päivänpaiste
hälle, korven kasvatille vilussa, niin hän iloitsi kuin päässyt
ois hiukan onneansa lähemmälle.

Ei hän enään käynyt umpimielin aina miettien ja
kairamoiden, saattoipa hän joskus joutessaan veikastella
rentomielenä pihamaalla kanssa kasakoiden.

Kiekot tiellä kieppui lauvantaisin, päättyneet kun oli
viikon vaivat, kortit läiskyi, nopat kierivät, kylän lapset
Mishkaa seuraten pieneen suuhun sukaria saivat.

Mishka, välimies ja kompaleuka aina naurusuuna pilaa
pisti, töyryn-Tiitalle hän viinaan möi kruunun kaurat, itki
iloissaan, soitti, lauloi, joi ja silmää risti.

Nukkui taivasalla, minne sattui, heräs nurmella ja tuskaa
kärsi, vajaan hoiperteli suruissaan, painoi rintaa vasten
Mustan pään, kun se vajan seinää yöllä järsi.

Silloin sammalsi hän Mustallensa:
"Musta raukka, taas oot puuta syönyt,

isäntäs ma oon ja veikkos myös,
häijy isäntäsi Mishka, niin,
veikkos kaurat taas on myrkkyyn myönyt.

Soh, soh, Musta, ollaan ystäviä, nyt sen lupaan, en oo toiste
heikko, pyhä Jyrki, pyhä Miikula anteeks antaa suuret
syntini, vaikk' oon vanha aituri ja peikko!"

Ja hän itki Mustaa silitellen
hoippui hiljaa makuu-aittaa kohti,
Kuisman vierelle hän venähtyi,
vielä unissaankin puhuen
vanhan sydämmensä synnit pohti.

Taikka nauroi parta leväällänsä, kuului kuorsaus ja
maiskutukset, niin se nukkui urho iloinen, mutta huomenis
jo unohti kaikki öiset, kauniit lupaukset.

Niin ne päivät pyöri Sankolassa
niinkuin kuplat Kiljanvirran veellä.
— Anivarhain kerran Helinä
huuhtoi laiturilla poukkujaan,
kodan sauhu kiersi törmänteellä.

Paljain käsivarsin kumarassa
Heli huuhtoi helmat käärittyinä,

virran laineet liiti liplattain
haapain valkohelpeet pinnallaan
kylpyhilpehinä vesikyinä.

Isma oli mennyt takamaille, kaikki väki hääri ulkotöissä,
liinat, paidat loisti pensailla, päivä myllynseinää valaisi, virta
kiilsi kultahelmilöissä.

Aamun iloksensa Heli lauloi, niin se laulu oli kirkassäinen
kuin on kisamieli pääskysen, kun on yllään taivas sininen,
allaan metsämökki yksinäinen.

Niin se neito lauloi eikä nähnyt, että Kuisma tuli lehdon
kautta myllyrantaan hiljaa ratsastain, eikä Heli nähnyt
innoissaan, että irti oli vanha lautta.

Tuli nousu-aalto, pitkäpyrstö, joka tukeet työnsi
rantamaasta, lautta liukui kuin sen imenyt syliinsä ois ahne
kurimus ja sen pyörteisiinsä tahtois laasta.

Ratsu piehtaroitsi nurmikolla,
Kuisma vihelsi ja katsoi jokeen,
kuuli hätähuudon kimakan,
huomas Helin virran keskellä,
juoksi, juoksi päähän myllytokeen.

"Herra, hyvä isä, auta, auta!" huusi Heli, tarttui ahvenheiniin, rannat juoksi hänen silmissään, alemmaksi liiti laituri kuin se syöksyis kallioisiin seiniin.

Kuului myllyrattahien kolke, kuohun kohina ja padon pauhu, kihon kaste silmän sumensi, niinkuin virrasta ois vilkunut ruma kaihisilmä, kalman kauhu.

Heli muisti kaikki ilonpäivät, jotka seitsentoistiasta hurmaa, perhoisleikit, kisat kesäiset; nytkö nuorena hän suistuisi riemun tanhuvilta mustaan surmaan!

Sielukellot soivat korvissansa, alttarilta äidin kasvot loisti, vuodet ohi vieri vaiheineen niinkuin sieluun heijastunut ois koko elämä, min aatos toisti.

Virran niskaa kohden lautta kiiti,
 Heli kaikki laski Herran huomaan,
 siunasi ja sulki silmänsä,
 kuului kolahdus ja laituri
 soljui kurimuksen päältä uomaan.

Myllyruuhen puulla seisoi Kuisma keksi kädessä ja iskun antoi, nosti notkeasti Helinän niinkuin haahkan hienon untuvan sekä rannan ruovikolle kantoi.

Kalpeena kuin kuutamolla kielo
 tainnos-unen usviin Heli vaipui,

virta soitti vielä korvissaan;
kasvoillansa vilkas väristys
Helin ruumiin yli Kuisma taipui. —

Mutta Heli souti unen mailla kaukaisia suvantoja kohden,
kultaperhot läpi kasteen lens, yli kosken liljakuohujen värjyi
vesikaaren seitsenhohde.

Äänen Heli kuuli päänsä päältä, kuiskeen suhuna se
kaukaa sointui, tunsi käden lämmön hiipivän yli kasvojensa
hyväillen, auki silmänsä hän loi ja tointui.

Niin hän heräsi ja Kuisman katse lepäs liekkivänä
kasvoillansa, sinikellot heilui yli pään, veri poskipäihin
palasi, kun hän nousi peittäin poveansa.

Ja hän värisi kuin viluissansa kuin ei vaaran pelko viel' ois
poissa, ohi Kuisman virtaa katsoi hän varpaan päällä santaan
piirrellen, hiukset kasteessa ja kiemuroissa.

Siinä seisoi hän niin neuvotonna kuin ois halu ollut käydä
luoksi, kirkas kiitos loisti silmistään, nauroi hämillään ja
katsoi taas, kääntyi ympäri ja — lehtoon juoksi.

Kuisma huhuili ja jäämään huusi, Helinän jo lepänoksat
peitti, Kuisma vihelteli hyvillään, hymähti ja tarttui satulaan,
jalan kiihkeästi yli heitti.

VIIDES LAULU.

Oli mittumaarin armas aatto, veikeä ja vehmas oli maa
niinkuin simasuinen sajasneito tarjotessaan
kisakumppanilleen tulomaljaa maahan kuohuvaa.

Joka ovensuulla limot loisti, pihall' lehtimajat vihannat,
pitopuhtaat oli laarit, aitat, lattialla tuoksui havunoksat,
pesänsuulla tuoreet katajat.

Iltaruskon kultapäärmi hohto
liukui yli rannan halavain;
Sankolass' ei nuorten nauru soinut,
sillä kaikki oli katsomassa
kenttäharjoitusta kasakkain.

Siellä tomahteli rantatanner alla heilimöivän vainion,
sadan ratsumiehen tummat rivit tomupilveen peittyi, kuului
kopse neljänsadan kepeen kavion.

Kumarassa arovarsoillansa hurjaa kyytiä lens kasakat,
välkähdellen väilyi keihäsmetsä, torvi toitotteli tulta suoniin,
rajut huudot sekaan raikuivat.

Villi kiihko loisti kasvoiltansa niinkuin tuuli sotaviestin
tois kotimailta, Donin rannikoilta, miehen korkuisilta
heinikoilta, niinkuin kenttä aava aro ois.

Niin he pölyn sekaan sukelsivat muistamatta koti-ikävää,
muistamatta vehnävainioitaan, nuorikkoa, idän mustasilmää,
joka valitulleen hymyää. —

— "Katsos Heli, katsos!" virkkoi Sanni, "kuinka hyppii
Kuisman hevonen, tukka heiskuu hänen otsallansa,
lumivalkoisina hampaat hohtaa alta sysimustain viiksien.

Niinkuin valettuna ratsun selkään
Kuisma kannuksensa kylkiin lyö,
noin hän sormiansa koukistaapi
kiristellen tupsusuitsiansa,
alla leuvan heiluu nahkavyö.

Nyt hän maahan heitti hansikkansa, tuolla pamppuinensa
Mishkan nään, mutta tuolta jälleen Kuisma karkaa, maahan
kumartuen satulasta sieppaa hansikkansa lentäissään.

Jestas sentään, sitä ketteryyttä,
— miksi, Heli, kätes vapisee? —
Kuisman vertaa ei oo missään maassa,
uhoin, kaunein on hän kasakoista,
nyt hän sulle, Heli, viittailee!

Kas, kas, seisaallensa Kuisma nousi, — mutta, Heli, ethän
kuulekkaan, — nyt hän selkää pitkin kyykkii, hyppii
tanssiaskelia matkimalla niinkuin tukkipoika lautallaan!"

Niin se supatteli huuto-Sanni, hiljaa Heli seisoi sivullaan puhtaana kuin ensi metsäntähti valkoisessa pyhäröijyssänsä, sinikukkaisessa hameessaan.

Liinankulman alta silmä säihkyi, päässä huumauksen tunsi hän, suven suloisuuteen rinta riutui, tunsi tunteen rajun kevättulvan sydänlähteiltänsä läikkyvän.

Niin hän silmin seuras ratsastusta ja hän heltyi herkkiin unelmiin, kauvas, kauvas hänet ratsu veisi yli monen virran, monen kuilun metsiin hämäriin ja salaisiin.

Sinne revontulten kylmään maahan kiitäisi hän kauvas pohjoiseen, minne kerjuuteitä lasna käyden kodin tulipalon hurja hohde kauvas taakse näkyi himmenneen.

Sinne suurin siivin aatos lensi taakse peninkulmaan taivalten, siellä muistoissa hän vielä kulki ohi sammaleisten rahkasoiden, ohi sumuisien seutujen.

Kuuli mustain metsäin raskaan humun, näki veripunertavan kuun, pilven aavevarjot sarven päissä, kuuli kirouksen, joka ajaa kulkijata mieron seikkailuun.

Tunsi elonjanon polttotuskaa, joka maantien lapsen kiihkoon saa etsimähän onnen kulta-oksaa, joka polulta se viekoittaapi, joka risusta se ripsahtaa.

— Niin hän ratsastajan kanssa kiitäis sinne, miss' on onnen oudot maat, kirkkaat pohjanpalot tuohuksina, raikkaat pakkaisviimat kannuksina, heppa, heppa, hei, nyt lentää saat!

Heli puristeli Sannin kättä
säikähtyen hurjaa aatostaan,
silloin ratsuparvi ohi laukkas,
Kuisma kumartui ja kukan heitti,
kylään karahutti ratsullaan.

"Heli, tänään oot niin kummallinen", huusi Sanni, "saithan kukkasen, tule keinulle, jo leikki alkaa, Kiljanvaaralla jo palaa kokko, Heli, Heli ole iloinen!"

KUUDES LAULU.

Keinu heilui, helmat, letit leiskui, vuorella jo nuoret hilskaroi, pensaat rattosasti rasahteli, Heli piirin keskell' liehueli, vyöllä helmet sekä soljet soi.

Heli tänään oli kisan kiivain, hilpeä ja huima juostessaan, monen käsi häntä piiriin pyysi, monen sydämmen hän heti hurmas heleällä avonaurullaan.

Tuntui kuin ois satu-aikaa soineet vanhat satalatvat, harmaat puut, oravatkin kieppui polskan mukaan, metsäkyyhkyt tanssi kuherrellen, jänökansan oli nauruss' suut.

Mutta Kiljan peikko, naavahattu, ilon kade, rosorintainen, repi jäkälää ja katinkultaa, kulki murroksissa murahdellen, riensi räminällä korpehen.

Peikon kantapäillä ilkkuellen juoksi kaijun viekkaat tyttäret korviin karvaisihin toitotellen kaikki piirilaulun säveljuoksut, kaikki salaisimmat kuiskehet.

Mutta tulilla vain telme jatkui, siellä Mishka tanssi brishakkaa, milloin kyykkysiltään jalkaa heitti, milloin ponnahutti polven ilmaan sekaan luikkaellen: hii ja haa!

Taikka löi hän nahkahelistintä, jossa vaskipallot helisi, vasten otsaansa ja kyynärpäitä, kulahutti taskuleilistänsä, pyyhki partaansa ja irvisti.

Korkeemmalle tuli kiemurteli, korkeemmalle heilui keinukin, sylist' toiseen lensi Heli nuori, tuskin maata koski kengän kärjet, niin hän kaikist' oli iloisin.

Mutta äkkiä hän kujemielin riensi piiristä ja piilottui, läpi tiheikön hän pujottausi, taakse huminahan huudot vaipui, nyt hän hiljaisuutta kummeksui.

Kautta metsän kiersi sinisiimat, mikä hämäryys ja viileys;
niin hän saapui pienen solan suulle vielä tanssin hehku
poskillansa, rinnass' outo, tyyni tykytys.

Maahan istahti hän sammalille, siinä lasna usein istui hän,
katsoi suvipäivän kultakerää, näki avaruuden suuren silmän
ruusutarhoihinsa häipyvän.

Käden nojaan Heli päänsä laski, kuului kohina ja risahdus,
— yli sanajalkain Kuisma hiipi silmiss' intohimon ahne tuli,
huulill' liehakoiva viekkaus.

"Heli, Heli, vihdoinkin sun löysin, älä pelkää, kaunis
Helinä, sua etsin niinkuin kadonnutta, sinä lymylintu,
arkasiipi, suo mun kanssas kerran kävellä.

Aina siitä asti, kun ma näin sun, sua pyysin, etsin
silmilläin, sydäniloni sa olit mulle, kaunis käydessäsi aitan
tiellä taikka kaivon luona, ystäväin."

"Ei, ei... Kuisma, kuule, laske, laske, en mä tiedä, mitä
tahdonkaan, tänne vilvoittamaan minä lähdin, anna olla...
mun on outo olla, päästä, Kuisma, neito kulkemaan."

"En nyt pyytä laske pivostani,
Heli kuule, Heli armahin,
katso silmiini ja vastaa mulle,
tahdotko sa mulle vaimoks tulla,

sua kaipasin ja isosin.

Maani tyttäret on kauniit, tummat, ei ne koskaan mua
vanginneet, vapaa olin tähän hetkeen saakka, sua rukoilen ja
käsin pyydän, sano mulle, Heli, mitä teet?

Mulla talo on ja isä vanha, laiho meren lailla laajenee,
vaalijata kaipaa harmaa vanhus, keritsijää kaipaa sadat
lampaat, huuhtojata kynnys huokailee.

— Tuli veren viesti, tulen viesti, itämaiseen sotaan
käskettiin, silloin satuloin ma hevoseni, saapui heimolaiset
hyvästellen, isän silmät puhkes kyyneliin.

Mua suudellen hän käteen tarttui:
poikani, nyt pyhäin nimeen käy,
Luoja tiennee, minne tiesi päättyy,
jos sä palaat, älä tule yksin,
koskei täällä sulle onni näy!

Krimin kahakoista palatessa mennä pohjoiseen ma käskyn
sain, harhailin kuin vento mustalainen koputellen onnen
ovipieliin, naista, nauruhuulta aina hain.

Sinä, Heli, olet onni mulle, sinun sydämmees jos löydän
tien, en ma maailmassa muuta kaipaa, sinut satulaani nostaa
tahdon, sinut, ilohuuli, kotiin vien!"

"Outo puhees on, miks tänne hiivit, ei, ei... Kuisma, sinä
pilkkaat vaan, toisten vastaan, tahdon yksin olla, sanas
huumaa minut, päästä, päästä, mua piirissä jo kaivataan!"

"Ei ne kaipaa sua, tyynny tyttö,
 siirry mättähälle vierellein,
 suo mun silmistäsi arvaella,
 tutkia ja tukkaas silitellä
 kerran elämässä iloksein!" — —

"Voi, mua onnetonta, jätä rauhaan,
 etkös kuule, minä huudan... ei..."
Kuisma kuihutteli, vaati, vannoi,
Heli turhaan torjui... huusi, itki,
Kuisma suulle käden väen vei...

Mutta tulilla ei laulu laannut,
Isma yksin seisoi, mietti vaan
varhaisia paimenvuosiansa,
jolloin kerran metsäneitoselleen
soitteli hän tanotorvellaan.

Niin ne vuodet oli tulleet, menneet
taakse taistelun ja raskaan työn,
Isma muisti monet juhannukset,

monen riutuvaisen suvi-illan,
monen epäilyksen mustan yön.

Mykkänä hän oli kauvan käynyt,
ratkaisuun hän tahtoi päästä nyt,
silmin etsi hän nyt Helinätä,
parvessa ei nähnyt armastansa,
minne piiristä lie hävinnyt?

Isma muisti vanhan lempipaikan,
mistä Heli katsoi laaksohon,
sinne aikoi hän, kun lepikössä
Kuisma vastaan tuli keikahdellen:
— "Kuisma, näitkö, missä Heli on?"

— "En oo nähnyt —, minne miehen kiire?
En ma hempujesi paimen lie,
ehk' on lammas muiden laitumilla..."
— "Varo sanojasi, kiero Kuisma,
muuten saatana sun vielä vie!"

Sanoi Isma; painui metsän rintaan murahdellen tiellä
itsekseen, löysi solakummun, vaan ei neittään, huomas
pirstoellut pensaan varvut sekä sammalissa syvänteen.

Pois hän kulki niinkuin uroskarhu, jonka talvimajaa möyritään, alas laaksoon purren hammastansa, jos ois Kuisma silloin eteen käynyt, oisi Isma lyönyt veitsellään.

Luhdissansa kädet päänsä alla
 Heli tuijotti vaan kattohon,
 ruumis vavahti kuin polttehissa,
 yli sielun oli myrsky käynyt,
 nyt hän vaiti oli, hervoton...

Vaan hän säpsähti kuin käärme pistäis,
 ovilautaan Isma koputti
 kuiskaten kuin jostain haudan takaa:
 "Heli aukaise, miks et sä vastaa,
 hetken haastaa tahdon kanssasi!"

Vaan ei vastausta Isma saanut, läksi niinkuin lamaan lyöty ois. — Mutta vuorella vain kisa kiihtyi, Mishka joi ja soitti sirmankkaansa, harmaa sauhu leijui puihin pois.

SEITSEMÄS LAULU.

"Vielä tuoppi viinaa!" puhui Mishka Tiitan mökiss' syksy-
yöllä päissään, "tääll' on elämä kuin paratiisi, juoppas Isma,

mies on parhain peijaisissaan, pahin vieras on hän usein
häissään. —

Jollet hiiskahda, niin kerron sulle:
Busulukin rannall' Ukrainassa,
kotikylässäni Kuisman kanssa
juoksin arolla kuin huima villivarsa
kaiten lammaslaumaa aivan lassa.

Kujan päässä seisoi savimaja, siitä ohi vein ma usein
karjan, yli viinitarhan päivä paistoi, mutta akkunassa läpi
köynnöksien näin ma solakan ja sorjan Darjan.

Darja itämaiden tumma ruusu, elämäni, armas aurinkoni,
valtavanhempien valitsema, liekuss', alla pyhän kuvan
kihlattuni oli pyhitetty morsioni.

Kilpaa kasvoin minä varsan kanssa,
usein satulaan ma Darjan nostin,
usein istui hän mun polvellani,
levoton hän oli niinkuin Mustameri;
Tsherkaskista jo ma kihlat ostin.

— Juo ja naura, Isma, naisen mieltä! —
Kaulaan kietoessaan valko-kättään
nainen päihdyttää kuin viekas viini,
hän sun hurmaa rintojensa rypäleillä,

oikun orjatar sun kesken jättää. —

Tuli yrttitarhaan kaunis käärme,
 Kuisma kiiltokarva, musta kettu,
 näin hän sanoi mulle ilkkuellen:
 'helppo saalis sulle on tuo kasakkatar,
 jok' on liekussa jo vannotettu!

Varsa väliä! Ma valheeks saatan, että vanha rakkaus ei ruostu, en oo Kuisma enkä vaimon saama, jollei vihillä jo kolmen viikon päästä minun omakseni Darja suostu.'

Ja ma nuori houkko pilaan suostuin, sanoin: 'voittaa tahdon kilvoituksen, parhaan vuonani saat päälle päätteeks, jos sa sulhasena astut Darjan kanssa yli pyhitetyn kirkon uksen.

Stanitsoilla kuljin heimon luona, palatessa kolmen viikon päästä tuli mustalainen tiellä vastaan, kysyin: 'mikä kumma kumu solan päässä, älä, kuomaseni, sanaas säästä!'

'Orihilla kaksikesäisellä
 Kuisma Guljan poika kotiin tuotti
 Iljan tyttären, sen kauniin Darjan,
 siit' on ilo suuri sulhon huonehessa,
 hyvin matkamiestä syötti, juotti.'

'Mishkaa Dunjan poikaa Darja suosii,
turhaan, ukko, koitat uskotella.'
'Kautta Jumal'äidin, totta haastan,
katsos, kuomaseni, neijon kyyhkyislakkaan
päästään kultaisella avaimella.

Kuisma rikas on kuin atamaani, ensin mutso itki
hämärässä, naittajat ne tuli neuvoinensa, tyly taata käski,
oma emo pyysi, hyv' on neidon olla miehelässä!'

Mustalainen sauvan tielle työnsi, minä sulholahan häihin
läksin, oven auvetessa kävi remu luihin ytimiin kuin nauru
helvetistä, ovensuulta siirryin lähemmäksi.

Seinät häilyi minun silmissäni,
nurkass' soittelivat juutalaiset,
sulhaiskansa loisti silkkiliivin,
Darja helyissään ja kullan koltuskoissa,
ympärillään kaikki sajasnaiset.

Niinkuin häpypaalussa ma seisoin, sydän synkkä oli, katse
karsas; tuli Kuisma, kaatoi huomentuoppiin sekä virkkoi:
'tulit liian myöhään, Mishka, tallissa jo korskuu orivarsas!'

'Moni naikko karkaa vaoltansa, vaan ei isäntäänsä hepo
hylkää!' vastasin ja join, ma teeskentelin, päihdyin, nauvuin,
heitin lakkiani ilmaan nauratellen kansaa sekä ylkää.

Juotin juutalaiset pöydän alle, pahnoille ma pitkän papin kannoin, talliin hiivin, ratsun satuloitsin, karahutin kauvas pitkin mustaa kenttää, tuulen haltuun minä ohjat annoin.

Juokse hoikkasääri, kultakarva, valjeta jo alkaa taivaanranta, et sä enään hirnu tammallesi, etkä kirkolta sä enään koskaan kanna uskotonta, maire morsianta!

Katsos, mustat linnut eelläs entää, kohta seljälläsi korpit koikkuu, lennä, lennä, hepo, surman suuhun, rakkaus on myöty, rakkaus on kuollut, ristinpuulla kylmä ruumis roikkuu!

Vedin pistoolini putkivyöstä, kaksikesäisen ma varsan ammuin, tanner punertui, kun hengen heitti, silmä sammui. — Aron takaa päivä nousi, silloin minussakin jotain sammui.

Silloin vannoin kerran kostavani kovan kohtaloni, häpeäni, siksi Kuismaa niinkuin synti seuraan, häntä vihaan niinkuin murhantekijätä, hän on tahrannut mun elämäni.

Sillä Kuisma on kuin vuorisissi, joka salakähmää lyö ja ryöstää, rotkon luolaan kiskoo kalliin aarteen; ajan armastaa hän, sitten väsyneenä naisen heittää niinkuin kukan vyöstään.

Varo Kuismaa, Isma, varo Kuismaa, kauvas ulettuvi Kuisman käsi, häll' on tuntosarvet, tuntee naisen, katso, ettei iske metsäkyyhkyhysi, silloin hukassa on Helinäsi!" —

Niin se Mishka kertoi syksy-yöllä,
Tiitan mökissä kun viinaa maistoi.
Isma läksi, kulki kujaa pitkin;
yli saunojen ja vanhan vesimyllyn
virtaa hopeoiden kuu jo paistoi.

Tulipunaisina haavat hohti, nahkasiipat lensi riihen yli, peltosängen kaste kimmelteli, mutta vuoren takana kuin jousen kaari häämöitteli metsän musta syli.

Sankolassa kiilsi ruokakello, hiljaa viiriin soitti öinen tuuli, pihan varjopuolta Isma kulki, luhdin solassa hän näki miehen varjon, kuisketta hän tuomen takaa kuuli:

"Hyvää yötä, Kuisma, älä viivy, korvat puilla on ja itse yöllä, katso taakses, varo askeleitas, varo varjoja, ne salaa salamoita, pitkä puukko heiluu Isman vyöllä!"

"Älä pelkää, hellä Helinäni, minä keihäälläni puuhun naulaan, vaan en hanki minä turhaa riitaa, kunhan vielä kerran tulet, tupuseni, lymylintuseni lennät kaulaan."

Lyö kuin leimaus ja tapa kurjat! —
kuiskas häijyt henget helvetistä
Isman korvaan; mutta hyvät henget:
anteeks anna, muista, Heli viel' on nuori,
pakene ja puukko tuppeen pistä!

Ja hän väistyi kiusauksen ääntä, Kiljanvaaralla hän samos'
yössä, paadet jyrkänteeltä laaksoon työnsi, niin hän kauvan
riehui puiden nyrkkiänsä, varhain aamulla taas reutoi
työssä.

KAHDEKSAS LAULU.

Heli kotiin astui kirkolta iltahämärässä lauvantaina, vaan ei
käynyt hän nyt unelmissa otsin avoimin kuin rippineitsyt,
jot' ei himmeimmätkään huolet paina.

Ohi töllien hän kiiruhti huivi silmäin yli painettuna, poissa
oli silmän kirkas sävy, poissa askeleiden kevyt sointu,
poskipäillä hehkui sairas puna.

Kuuset latvaa puisti suruissaan, haavat värjyi soimausta
soiden, metsä kuiskasi ja kummitteli, kotihaasta kuului häijy
nauru syksykiimaisien harakoiden.

"Hähhähhää", ne nauroi, "hähhähhää! sinä Kuismalta oot
kihlat saanut, miksi sormuksesi kirstuun kätkit, luhdiss'
salaa sitä päivin katsoit tai kun yksin olet yösi maannut?"

"Voi te kullan kiihkeet harakat,
 kylmä pilkkanne ei voi mua viiltää,
 Kuisma isällensä kirjan laittoi,

joulun joutuessa sana saapuu,
silloin sormessani kihlat kiiltää!"

"Hähhähhää, sä neito siveä,
pahat aavistukset mieltäs hyytää,
Kuisman katse sua illoin karttaa,
Kuisman tuhlaava ja runsas käsi
laimeten sua lemmen leikkiin pyytää!"

"Heretkäätte pahat parjaajat,
naurakaatte muille neitosille,
Kuisma ilon tuopi tullessansa,
kevättalvella jo kaunis Kuisma
vie mun vieraan kirkon alttarille!"

Niin se Heli syksypolulla kävi sydämmessään käräjöitä,
katumus ja uhma vaihetellen syytti, sääli muistutellen hälle
tuskan päiviä ja ilon öitä.

Tietä astui hän jo tyyneemmin, pois jo harakatkin lensi
puulta, silloin outo melu korviin sattui, kirous ja sadatusten
tulva kuului hämärässä raitinsuulta.

Kylän miehet sekä kasakat seisoi vastakkain ja sappi
kiehui, kivet vingahdellen maata viisti, heilui kartut sekä
aidanseipäät, muiden etupäässä Kuisma riehui.

Naapur'renkiä hän rintaan tarttui,
 joka pukareista oli paras:
 — "miksi löit sä, koira, kasakkaamme?"
 — "Itse koira liet ja lemmon ruoja,
 miss' on kasakka, se heinävaras?"

Miehet kiroten ja mylvien
 hyppi hihkuellen Kuisman luoksi,
 kasakat ne hoki aseitansa,
 kuului kumaus ja nyrkin läiske,
 Mishka kielteli ja väliin juoksi.

Silloin Isma juoksi myllyltä pölyisenä jauhosta ja hiestä kylämiesten läpi tietä tehden: "miehet, hoi, jo laatkaa riehumasta, monta teit' on vastaan yhtä miestä!

Sinä Kuisma, anna sisus käydä, kukon kannuksia ei oo mulla, vaan on työssä sierottunut nyrkki, lyö kuin mies, vaan heitä ratsupiiska, tässä seison, Kuisma, anna tulla!"

Musta-Mishka väliin ehätti: "järkimiehet, mistä vimman saatte, ei oo tasoitusta tappelussa, mitelkätte varsin voimianne, kunnon kumppaneina painikaatte!"

Riihen eessä ristipainihin
 Kuisma, Isma kädet yhteen löivät
 niinkuin kaksi vahvaa karhun poikaa

leuka olkaa vasten ottelussa,
että korkoraudat säkenöivät.

Kuisma kiemuroi kuin liukas kyy,
Isma seisoi niinkuin rautatammi
jäykin niskoin tyynnä kasvoiltansa,
mutta tulisena Kuisma kieppui
yhä kiivaammin ja notkeammin.

"Iske päältä, Kuisma, tanssimies,
nyt ei naikko ole rinnallasi!"
Kuisma iski, nauroi nokkelasti:
"niinhän väännät niinkuin sysitonttu,
nyt on pitkä kanto kaskessasi."

"Monen pahan kannon kaataa sain", sanoi Isma hiljaa, käheästi, "muistatkohan vielä juhannustas, sinä silloin kartoit kynsiäni, nyt et pääse yhtä näppärästi."

"Mitä mangut, mustasukka mies, ei oo aron poika arkalasta, sulla nainen oli vallassasi, syytä itseäs ja tuhmuuttasi, miks et tunnustellut tyttölasta?"

"Kuule Kuisma, sinä kerskaaja, miksi väliin tulit puun ja kuoren, miksi hiiviskelit luhdin luona, miksi tallasit sa kauniin taimen, miksi häväisit sä neidon nuoren?"

"Ei mua liikuta sun lintusi enempää kuin viime syksyn lehti, hetket naisen kera pian kiitää, sinä hidas oot kuin kilpikonna, omat hankkees, Isma, myöhään ehti."

"Mitä lepertelet viekas mies, makea sa olet hymyilyssä, voitko katua ja hyvitellä, mitä tahrasit ja rikoit, taitoit, muuten muserran sun, rietas ryssä?"

"Sin' oot, Isma, oiva puhemies, tahtoisitko uuden puhtaan paidan, mitäs sanot, jos ma varsallani nuoren Helin kanssa vihkituoliin karahutan yli kirkonaidan?"

"Tuhat tulimmaista, röyhkeä, moni tähtesi on onnetonna, kysy ensin lupaa papiltasi, sull' on naitu vaimo Ukrainassa, senkin Mishkalta oot vienyt, konna!"

"Usko miestä, kun hän humaltuu, pajun köyttä silloin Mishka syöttää, olen kylläinen jo kyyhkystäsi, jollei suukkoihisi neito suostu, voit sen sängynjalkaan kiinni vyöttää."

"Tuki suusi, herja, hävytön, sinä tulit niinkuin susi luhtaan, sinä tahmasit mun taivahani, muutit helvetiksi elämäni, veit mun enkelini lumipuhtaan.

Älä luikerra, vaan kavahda, tiedän kaikki, välttää koitat turhaan, nyt en pelkää edes perkeleitä, rukoile, jos ruma sielus saattaa, sulle himon ääni huutaa murhaa!"

Isma karjasi ja kiehahti, läpi ruumiin kävi voima vihan, ja hän ravisti kuin raivohullu, nosti Kuisman ilmaan yli päänsä kantain häntä yli nurmipihan.

Niin hän heitti hänet maahan suin niinkuin tahmean ja märän kintaan, sylkäsi ja syöksyi kimppuhunsa kolkutellen Kuisman takaraivaa sekä polven painoi vasten rintaa.

Heli esiin juoksi piilostaan salaa, näkymättä niinkuin luoti, sysäs Isman käden kauvas luotaan, itkien hän heittyi Kuisman viereen, jonka suusta verta maahan vuoti.

Kuisman silmiä hän suuteli
ja hän huivillansa huulta pyyhki,
"mene Isma", sanoi Heli hiljaa,
"en sua nähdä tahdo tämän jälkeen!"
Heli peitti kasvonsa ja nyyhki.

"Heli raukka, säästä kyynelees, turhaan vuotavat ne kurjan tähden, vaan ei viel' oo tullut tilin hetki, vielä vimmani ma irti lasken, sinun tahdostasi nyt ma lähden."

Niin hän sanoi, lähti kuohuissaan
myllytietä niska kumarassa.
Onneton se oli syksy-ilta,
rauha, onni oli pakosalla,
suru koturina Sankolassa.

Niinkuin paha salakirous painoi Sankolassa monen mieltä, levotonta silmää uni vältti, myllyrenki näki pihall' yöllä mustan koiran, joka juoksi tieltä. —

YHDEKSÄS LAULU.

Tieltä kuului talven kirkkaat tiuvut, pakkanen se ajoi
nurkkiin lyöden, missä hengitti, niin ruudut jäätyi, mihin
katsoi, seinät huurtuivat, viima vinkui harjahirttä myöden.

Metsäkyläss' oli hyisen hiljaa, harvoin matkamiehet ajoi reessä, virran reunall' loisti hienot hilseet, vanha myllynkatto lumessa, jäiset vesirattaat seisoi veessä.

— Sankolaan jo joulupyhäin eellä kasakoille muuttokäsky tuotiin, päreet paloi nurkkapihdeissänsä, miesten varjot taittui orsihin, tuvass' iloittiin ja joukoin juotiin.

Kasakat ne eron huumehessa
 päästi huuliltansa naurun raikkaan,
 yli honkapöydän viinaa virtas,
 Isma joi ja hautoi halujaan,
 musta-Mishka tarttui balalaikkaan.

Mutta kahden pirtin karsinassa
Kuisma keimaeli Helin kanssa
soudatellen häntä polvellansa,
sinne Isma kasvot tulessa
katsoi synkkä leimu katseessansa.

"Heijaa, Isma, heitä musta muoto, hiisi vieköön kaikki kauniit noidat, kiitos kaikesta ja muista joskus vanhaa Mishkaa maita käydessäs tai kun tallissa sa ruunaas hoidat!

Ilo soikoon, tänne jano jääköön, terveeks Sankola, sen maat ja mannut, kuolkoot sotakirput, heinähiiret, terveeks vajat puhki järsityt, piiskaryypyt, Tiitan rakkaat pannut!"

Lauloi Mishka, mutta siihen Isma:
"soita Mishka, älä heitä kesken,
enemmän kuin hyvät erovirret
viina virvoittaa, siis terve, juo,
Darjan muistoks, kauniin kotilesken!

Sentään remutaan tää viime ilta, nyt ei enkelitkään saisi unta, peli käy ja sydän kurkkuun kiipee, katsos, kasakat jo hoipertaa, nurkass' supattavi pariskunta!

Mennään ison turkin uskoon, Mishka, yksi vaimo tekee usein hallan, tataarill' on vara valitessa, eikä Kuisma tyydy kahteenkaan, me, me, Mishka, jäätiin ilman vallan.

Kuisma veikeilee kuin sudenpoika, silmänvalkuainen yöhön vilkkuu, papin kauhtanassa vieress' seisoo itse paholainen vihkien, hiljaa hihittää ja meitä ilkkuu.

Sinä Mishka, laula vihkivirttä, minä kumarran ja solkkaan saksaa: rahaa, rakkautta toivon teille, parikunta kauvan eläköön, saisko tietää, kuka viulut maksaa?!

Täyden kukkaron ma pöytään heitän: 'pistä, sulho, lykky lakkariisi, kiitos kunniasta, iltarahvas!'; paholainen lausuu aamenen, — minä päihdyn, Mishka, siitä viisi.

Kirous ja tuska, tuho tulkoon, hurja aatos sydänpohjaa huumaa, ei oo rajaa, rantaa sillä missään, sano, onko kurjaan sydämmeen lyhyin matka, onko kahta tuumaa?

Voinko helvetin ma taivaaks muuttaa,
 voinko tehdyn tyhjään puoleen siirtää,
 katsos, kavaluus käy kuninkaana,
 Kuisman kalloon sydänverellään
 mustan tahransa nyt tahdon piirtää!"

"Isma, Isma, miss' on selvä järkes!"
sanoi Mishka, "heitä puhe tyhmä!"
Isma mumisi ja sarkkaan tarttui,
pöydän ympärillä mellastain
lauloi kasakoitten raju ryhmä.

"Älä itke, Heli, turhan tähden, täytyy mennä, käskee isä
tsaari, taattokin on kuolinvuotehella, papin palkkaan, kylän
tsasovnaan vien ma siunattuhun multaan vaarin."

"Lupasithan, Kuisma, viikko sitten kotimaahasi mun viedä
mukaan, täällä kylän silmät mua seuraa, sormet osoittaa, oi,
tuskiain, niit' et tiedä sinä eikä kukaan."

"Enhän ijäksi ma täältä lähde,
luokses palaan ennen kahta kuuta,
Piiteristä ostan silkkikengät,
kultarenkaat, ristit hopeiset,
kuivaa kyynel, Heli, anna suuta!"

"Älä heitä mua, Kuisma, yksin, tääll' on elämä niin mustaa,
mykkää, korpi kohisee ja paha painaa, virta viekas on, oi,
tiedäthän, synnin tähden mulla sydän sykkää.

Kuule, kulkukoirat tiellä ulvoo, ota, hyvä Kuisma, ratsun
selkään, sua seuraan vaikka ilman ääriin, otathan mun... sua
rukoilen, kuule Kuisma... minä pelkään, pelkään!"

Heli päänsä kätki käsihinsä,
vaipui sanattoman surun valtaan,
pirtin perällä vain yltyi melu,
Isma nousi, kaatoi kannunsa,
kumoon pöydän heitti kauvas altaan.

48

Tasajalkaa hyppi hän ja hihkui: "joko annoit, Kuisma,
viime suukon, nyt saat kerran maistaa surman suuta!" niin
hän huusi vihaa sähisten, veti tupestansa pitkän puukon.

Iskuun valmiina hän aseen nosti,
 vitkastellen kohden Kuismaa horjui,
 kasakat ne laukes seisaallensa,
 Mishka takaa iski nyrkillään,
 puukko putos, Mishka iskun torjui.

Mellakassa päreen tuli sammui, kasakat ne Isman pihaan
raastoi, läävän kytkyimeen ne hänet köytti kutitellen häntä
keihäillään, mutta jälkeen jääden Mishka haastoi:

"Älä vihaa kanna! Kotimaille
 Kuismaa väijyen ma kostoon lähden,
 aro luita kätkee, yö on mykkä, — —
 sua estin... hyvästi nyt jää,
 itse tapan Kuisman Darjan tähden!"

Mishka läksi, huokas kynnyksellä
 niinkuin veljen tähden huokaa veli,
 kasakat jo istui satulassa,
 Kuisma vihelteli ratsuaan,
 viereen pimeässä hiipi Heli.

Kuisma hoputteli ratsuansa, alla Heli riippui ohjaksissa,
riehui, rukoili ja itki, pyysi, hajahapsin maassa laahustain
kiljui hän kuin villi metsäkissa.

Lumi pihamaalla ilmaan ryöppyi,
 hevot korskuivat ja pamput vinkui,
 Kuisman kannustaissa ratsun pystyyn
 hennot käsivarret heltisi,
 Heli kinokselle kauvas sinkui.

Tulta iski alta kavioitten, tähdet tuikki yli talvi-illan
mustan joukon yöhön kadotessa niinkuin kaarneet aaveet
paeten yli jytisevän myllysillan. —

Tähti yksinäinen lentoon lähti hetken kirkastaen
avaruutta, Heli taivasalla tajutonna katsoi tähtitarhan tulia,
ilotonta, kylmää ikuisuutta.

KYMMENES LAULU.

Illoin rukit hyrräs Sankolassa, iloisesti räiskyi takkavalkeet,
vaan ei laulu soinut niinkuin ennen, parhain puuttui
rukinpolkijoista, työtä säesti vain pohjan palkeet.

Sairasvuoteellansa pitkät puhteet oveen tuijotellen Heli valvoi, taudin tuli riisti posken ruusut, silmän siness' oli kumma kiilto, kuume, odotus, ne rintaa kalvoi.

"Kiltti Sanni, katso akkunasta, eikö ratsumiestä näy jo siellä, tähän aikaan lupas Kuisma tulla, nyt on ummessa jo kaksi kuuta, nyt hän varmaan on jo valtatiellä.

Kirkkolahden poikki hepo laukkaa, mustat railon silmät väijyy jäässä, talviviittain yli tuuli tanssii, hevon kupehilla huurut hyytyy, kohta Kuisma on jo virstan päässä!

Taaton peijaisista palaa Kuisma,
 nyt hän herttaisesti päällään nyökkää:
'sanokaatte vanhat huonemiehet,
 kuin on Helinäisen?' — 'Sairas, sairas!'
Tuulta tuimemmin nyt Kuisma hyökkää.

Mitä, kuulitko? Ma kopseen kuulin,
 miksi kartanolla Halli haukkuu,
 vieras on jo riihen veräjällä?"
— "Nuku Helinä, niin mieles viihtyy,
 tuuli ullakolla parsiin paukkuu!"

"Ei, ei, Sanni, nyt en unta saisi, en sun silmihisi saata luottaa, kuules... lumella jo saappaat narskuu, hepo

hirnahtaa ja talliin tahtoo, nyt hän kaivon luona varsaa
juottaa!

Tulee, tulee... voi, jo Kuisma tulee!"
Heli säikähti kuin pahaa unta
alas hervahtain kuin raskas tähkä...
Tukka huurteess' seisoi ovell' Isma,
päältään hämillään hän puisti lunta.

Sanni pirtin lintu pikkarainen
Helin otsaan painoi kylmän kääreen.
"Miksi siellä seisot?" Heli houri,
"tule tänne... anna kätes mulle!"
Isma varpain astui vuoteen ääreen.

"Kovin viivyit... mun on vilu ollut,
miksi yksin heitit mustiin metsiin;
älä koske... Kuisma!.. kätes polttaa,
huudan Ismaa... päästä, päästä, päästä,
mua tanssihin jo tytöt etsii!

Hiljaa... kas kuin hurjat silmäs hehkuu...
Sanni nukkuu — tule, hiivi luokse,
Kiesus, kuulitkos sä rasahdusta,
luhdin tuomen taakse Isma piili,

väki herää, heitä... juokse, juokse!

Älä naura... mua Isma kosi,
sinä aina olet rakkain sentään!
Mishka kuiskaa... älä jätä, Kuisma,
ratsus rikki potkii kylkiluuni,
harakat ja keihäät ilmaan lentää!

Pidä kiinni, putoon satulasta, sudet seuraa meitä järven
jäällä, ammu Kuisma, kas, kun kidat hohtaa, lyö jo, lyö jo,
nythän yli päästiin, tuoll' on pappila ja kirkko täällä!

— — Varo pappia, se ei oo pappi, messupaitaan kätki Isma
veitsen! Voi, jo iski! Kuisma kaatuu, kuolee, — nouse äiti,
kohta taloon tullaan —, Isma onneton, sä miksi teit sen?" —
— — — —

Houreen varjot häipyi, Heli tyyntyi niinkuin kuunnellut ois
säveleitä, vielä maininkina povi laikkui, kuumeen hyöky oli
yli käynyt, sentään aatos harhas unen teitä.

"Missä Kuisma?... sinä siinä Isma, pääni humisee... on
kaikki kummaa, nyt ma muistan... mitä tahdot multa,
niinkuin kaivosta sun silmäs kiiltää, voi, sun tekoasi, Isma,
tummaa!"

"Puukon virtaan heitin, anteeks anna, älä entisistä enään
soimaa, usko Heli, kaikki hyväks kääntyy, kevät toivon tuo ja
rauha palaa, rikas luonto vuotaa uutta voimaa!

Sinun kauttas, Heli, voin ma kaikki,
 mulle rakas oot, en sitä salaa,
 metsään konnun laitan, kynnän, kylvän,
 siellä elämämme touvot tehdään."
— "Ei, ei, Isma onnemme ei palaa.

Miksi pudistelet päätäs, Isma, sydän häpeään ja suruun
nääntyy, etkö tiedä... täällä rinnan alla lapsen sydän sykkii...
mene Isma, tästä kahtaalle nyt tiemme kääntyy!"

"Mulle raskas ei oo mikään taakka,
 sinuun sellaisena, Heli, tyydyn,
 erheet peittäköhön yö ja multa!"
— "Min' en voi, en voi, vaan sano Isma,
 palaakohan Kuisma, muuten hyydyn!"

"Ei hän palaa kuuna kulloinkana,
 koita kestää, ole aivan tyyni,
 Kuismalla on vaimo, — nuori vaimo,
 min' en vihassani varoitellut,
 kova-onnesi on minun syyni."

"Vaimo? Kuinka? Nuori niinkuin päivä,
Kuisman kanssa... niinkö... sylityksin?
Sinä hulluttelet... mikset naura,
ei, nyt uskon, nään sen silmistäsi,
nyt ma vasta olen yksin, yksin!

    Aatos sammuu, kauniit kuplat särkyy, mit' on jälellä? Vain
mykkä hauta. Tie on poissa, minä yöhön eksyn, missä olen...
kuule... kuka nauroi, Herra, taivaan Isä mua auta!"

YHDESTOISTA LAULU.

Viikot vieri, kuumeen kuohut uupui, viel' ei tuoni vienyt
nuorta viljaa, sielun särkyneen se jätti vaan. — — Yöllä Heli
nousi vuoteeltansa, salaa luhtihinsa hiipi hiljaa.

Missä nuoren aatos askaroitsi,
    mikä Helinällä oli työnä?
Tahtoi vielä nähdä sulhonsa
niinkuin peilistänsä onneansa
oottaa neidot uudenvuoden yönä.

Heli tulen otti talituikkuun, valkeet suvivaatteet ylleen puki, silkit, soljet kaivoi arkustaan, etsi kirkkokengät pieneen jalkaan, kullankellervätä päätä suki.

Sairas hymy liiti kasvoillansa yksin istuessaan peilin eessä, kuin hän kuvasarjan nähnyt ois soilahtavan himmeen puitteen taakse kultajuovaisessa vanaveessä.

Kummaa tuutuvirttä hyrähdellen sormeen pujotti hän sormuksensa, kietoi sukkelilla sormillaan kultapaperisen kultakruunun, katsoi, katsoi, nauroi kuvallensa.

"Ken se morsian on tänä vuonna?
 Kukas muu kuin kuulu Sinisukka,
 meidän sirkkusilmä prinsessa.
 — Ei saa tulla, en oo valmis vielä —,
 tule peilin takaa Helirukka!

Ken on sulhaispoika? Meidän vouti,
 aasintamman' ajaa kirkkotiellä,
 pukinsarvella hän toitottaa:
 tieltä pois, jo saapuu Sinisukka!
 — Ei saa tulla, en oo valmis vielä! —

Joko kellot soivat tapulista,
 miksi Helinän on kyynel jäässä,
 kyllä häihin pääsee Helinä?

— En oo valmis, ei saa sulho nähdä,
ei oo kultakruunu oikein päässä. —

Vielä kolme neulaa kolmeen saumaan,
 noin se lieve laahaa kirkkomaata,
 onko musta ori valjaissa,
 miss' on Sinisukan lasivaunut?
 — En oo valmis, viel' en tulla saata. —

Niijaa Heli meidän rovastille, suntio jo haaviin kurkistaapi, syvään rappusilla kumartaa; — ei saa tulla, en oo valmis vielä, joko kulta-urut humajaapi? —

Katsos kuinka rahvas kirkkoon tunkee, lehterill' on myöskin äiti vainaa, äiti rakas, älä käänny pois! hahhahhaa, kun tääll' on hauska olla, sentään kultakruunu päätä painaa.

Ovet auki, pankaa pillit soimaan, nosta varovasti, Heli, jalkaa, maailmall' on liukas lattia, miss' on sulho, sano, ken on sulho, kaikki itkee... nyt se tanssi alkaa!"

Heli peilin rikkoi, tanssi, nauroi, alas rantaan juoksi luhdistansa yli kinoksien kahlaten ratsukentälle ja läpi ryöpyn ylkää huuteli hän houreissansa.

Lumipyry pieksi kasvojansa, sakeana suitsui ilmapiiri, hei,
kun lumivarsat hyppivät, vatsat vaahdossa ne piehtaroivat,
lumilaineissa ne kenttää kiiri.

Häntää huiskien taas ylös ilmaan pystyyn ryöpsähtivät yli
töyryn, yli sillan, puidenlatvojen turvat kuolassa ja täyttä
laukkaa, sieraimista suihki harmaa höyry.

Mutta valkoisessa halatissa pitkää keihästänsä huitomalla
kosken niskan yli kannustain lensi Kuisma kasvot kalpehina
ilmaratsullansa valkealla.

"Kuisma, Kuisma, minä tulen, Kuisma!"
Helin hourekuvat sumuun peittyi;
railon reunalle hän hoipersi,
riisui kengät, heitti helykruunun,
kiljahti ja mustaan virtaan heittyi.

Sinne suistui Heli, neito nuori,
kylän kukka, armain armahista. —
— — Sinä yönä Isma tuskissaan
kulki pihalle ja löysi jäljet,
juoksi huolimatta kinoksista.

Niinkuin mieletön hän yössä karjui, suin hän syöksyi
jylhää rantaa pitkin, seisahtui ja peitti kasvonsa, niinkuin
lauvennut ois raskas sulku ensi kertaa eläissään hän itki.

Siinä seisoi hän kuin kivettynyt, katsoi kamalasti vaahtopäitä. — Virta vallatonna hyppeli tanssisairahana morsianna, joka taukoomatta tanssii häitä.

SELITYKSIÄ:

Lamppaasit = punaiset raidat housuissa.

Sukari = kansan nimitys kasakoitten tuomalle imelälle, kovalle leivälle.

Brishakka = venäläinen tanssi.

Tsasovna = kylän rukoushuone, kirkkomaa.

Stanitsa = kasakoitten vanhoja linnoitusasemia.

SISÄLLYS